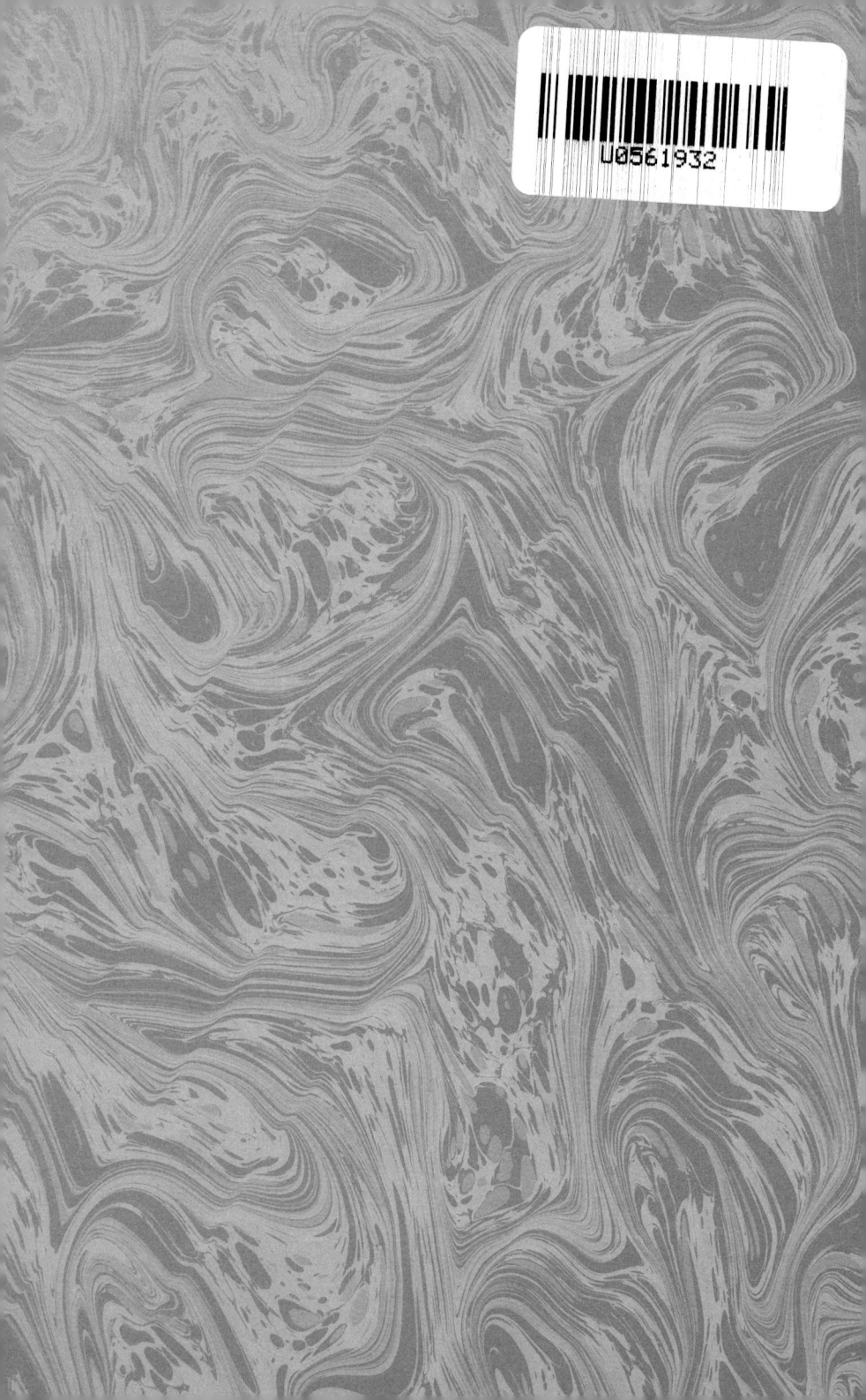

不 践 约 书

不践约书

张炜 著

广西师范大学出版社
·桂林·

《造屋》 肯特 作

为伟大的美洲诗人
路易斯·卡多索·阿拉贡干杯，
是他将诗歌定义为
人类存在的唯一实证。

——加夫列尔·加西亚·马尔克斯
《敬诗歌》

序

这部诗章虽然命名为《不践约书》,却实在是心约之作,而且等了太久。我深知要有一个相当集中的时间来完成它,还需要足够的准备。我已准备了太久。

一场全无预料的瘟疫笼罩了生活,而且前所未有。多半年半封闭状态下的日子,实在是一场砥砺和考验。由忧闷到困境,从精神到肉体,持续着坚持着,直到今天。

在这样的时空中,我似乎更能够走入这部诗章的深处;也只有这次艰辛痛苦却也充满感激的写作,才让我避开了一段漫长枯寂的时光。

我珍惜这部诗章。

2020 年 7 月 29 日

目 录

不践约书 /001

注释 /107

代跋 /121

不践约书

一

我们相约大雪天来河边

带上那双滑冰鞋

穿上紫红色连体套头衫

一瓶烈酒和一捧煮花生

纷纷扬扬,雪下得真大

微风一吹像白色焰火

幽暗的玻璃后面那些小眼睛

看一个落落寡欢的人

抿着嘴唇来回踱步,坐下

慢慢享受节日般的绽放

直到变成一尊纯洁的雕塑

因为时间很充裕，就思念

那双杏核眼和两条民国短辫

你怀揣一束焦干的紫罗兰

手持一只丑拙的木雕糖罐

两人怎样度过启蒙的日子

仰躺在金闪闪的野麦草上

听夏天的青蛙在歌唱

无边无际的银晖飘飘洒洒

我们做游戏，对歌，吵一点架

二

谁来弹击你针织长耳帽下

那个少年中国[1]的额头

一双最适合酷寒的苞朵

刺穿了毛茸茸的手套

可爱的熊掌捧起两块糕饼

听我讲遥远寒冷的冬天

一些非敌非友的故事

你这个微不足道的小人儿

成为疯狂的旅行者,从西域

又蹿到了贝加尔湖南岸

这苦等简直就是豪掷

日耗斗金,连络腮胡子都白了

小东西正往威士忌里加冰

在可汗豪华的帐篷中

看骆驼队的土色头巾和

凸起的眉骨深陷的眼睛

可怜这边厢枯坐的一位老翁

吮一下铅笔写一行情诗

三

在黄河南岸,老城西北角

你正推敲一座老门的位置[2]

指认古齐国边境的石墙

浅雪落顶的攀登远眺,洋溢起

怀念的幽情和私通的心境

才华横溢的同伴告诉你

这个时刻的领悟和洞悉

一个了不起的甩手小家伙

因为有才而变得无德

说好了在另一个落雪时分

在两千年的门洞下拥吻

那个邀约的信号仍旧是雪

一层浅浅的,踏不上脚印的雪

焦渴在酿造中滴滴流失

你喝了一个冬天的冒牌葡萄酒

不停地赞许西洋的人和书

那些天生腿长的淫荡家伙

欲望横生千变万化,奇迹

发生在登月和去火星的路上

飞机已经是小孩玩意儿

弄不好也会死人，老天

还是跟我回乡下茅屋过一段吧

四

长期谋划拥有一个书童

穿粗布大襟衣裳，扎上双髻

额上还要描一枚大红点

她温而不媚忠贞倔强

为吾担书十函竹扁颤颤

走到古井旁摆上茶盏

一起垂目而思,越过千年

比苏东坡再早一些,或者

停留在奢华的北宋也好

尽情享受活水烹茶[3]的日子

可惜当年医学不够发达

我们这种人必须小心腰子

领导说老毛病又犯了

指出一切生活作风问题

讲到底不过是骄傲了,不谦虚

那些觉得自己不足的人

向一切人学习还来不及

怎么会乱搂乱抱没心没肺

咱深以为然,咱服了,然后

制订三十年清心寡欲的计划

五

老朋友三三两两去了那边

他们全叛了,不辞而别

一坛南酒留在家里

连同老妻,一把古扇和檀香

这种事又能怎样,都说悲伤

多少计划像杏花一样凋谢

苦等一个轮回才能开放

我应下的一副墨宝无人接收

落款处有一枚簇新的印章

咱们之间全是大雅之事

如果不是时间紧迫

还要定制灰色毛料长衫

足踏布底黑帮，弹古琴

与黄口小儿东西两分

你厌恶一瓢发酵的猪食

我嘲弄食髓知味的小人

而今梅谢了，牡丹花开

豺狗在野猪林里大献殷勤

乡下兄弟苦苦打磨一支梭镖

他们还是迷信古老的器具

饮下瓜干酒，磨亮老钝刀

迎着鹅毛大雪上路

天地间一片混沌，浩浩渺渺

六

无边的罪恶镶嵌了珍珠母

闪烁出斑斓的彩虹色泽

恶臭肮脏的泡沫升到树梢

叶子尽落,无法呼吸

破碎的爆裂涨满一条河谷

重金属全部沉降到水底

我们剃度吧,咬紧牙关

粗布衣襟血迹斑斑

哪儿都不去,做不动声色的打捞者

桩桩件件,登记锈蚀的咒语

愤怒和忧伤催生了诗与思

一点点复活旷野上的小花

它们排列如仪,真挚,诱惑

像亘古不灭的神祇

这是上苍合手做成的工

是它虚拟的宇宙和永生

多么美,原来大地需要揩拭

让溪水和青草互致问候

在清晨的光色下变得仪态万方

都说不可方物,不可方物

就像世界刚刚苏醒的模样

七

摆满银具的祭台旁

站立一位陌生的深目老人

他是梦中的师长,德高望重

于八十高龄丢下了婆娘

多么繁华的小城岁月

那开满荠菜花的郊野

碗口大的苹果蝶飘啊飘啊

从一树繁花和姑娘眼角

飞到另一个悲伤的头颅旁

少年的忧愁不邀而至

好像万事皆备,只缺少

一副好高骛远的甲胄

一匹瘦马和一杆乌黑的矛枪[4]

少女的心事和男儿的勇武

从来都是大英雄的标配

当浪漫离开了传说

当思想失去了头盔

再硬朗的躯体也经不住北风

年复一年的折腾，瞧啊

胶质的流失可真快

咱们北方人生不逢时

此地有太多的铁与血，石与花

纵欲的老马一旦慈祥起来

立刻变成了众人的榜样

那些苦不堪言的往事

悉数装入轻信的衷肠

一粒有毒的种子悄悄发芽

老家伙魔怔了，愤而脱缰

三千弟子[5]高举火把

在奔走中呼号和啜泣

夜路太黑,师母太可怜

小婀娜,走了就是走了

爱情不过是一场谣传

八

用余下的半生写一封长笺

记下无所事事的外乡

凛冽的山风就是酒

我一次次醉倒在青石板上

你这小家伙将我搀回,喂水

像一个兵不血刃的老手

计谋堪称完美:"写诗吧"

一行行短句连着癫狂

一只只韵脚引来不祥

世上最深最大的仇也不过如此

从半夜推敲到黎明,而后

头悬梁锥刺股[6],一阵死磕

老翁被教唆,命可真苦

好比骨头泡进了酸液

老鼠遇到了狸花猫

这事的结局其实早就注定

上路时瞄准的是一座山

你却引我折向了一条河

摆渡者手提一坛迷魂酒

结伴去陶渊明的园子

人家正在篱下采菊[7]

看一眼来人,默默无语

九

我答应为你弹奏一曲

温婉恳切的衷情之歌

放下古琴一起饮用甜酒

和小小的玫瑰花对酌

时钟嘀嗒,欲言又止

从头讲述枝枝蔓蔓的故事

沙哑枯衰的古怪发音

把拥抱和亲热叫成拥嘎

说得浑身发痒,拥嘎拥嘎

酒喝得越多嘴巴越渴

这个夏天太热了,拥嘎拥嘎

所有的讲述都言及背弃

都是阴谋,机心,说了不算

让老实人傻傻地等,时间

把大海一样的欲望填满

你可真沉得住气,拥嘎拥嘎

"房子要买,但还不到时候"

这是你全部不贞的理由

是一颗裸露可见的渺小的心

我走了,借助美酒的眩晕

像那个扔下绝唱而去的

英勇无畏的魏晋牛人[8]

十

等大瘟疫过去的日子

你摆下一桌有牡蛎的盛宴

像骗子一样接待一个赌徒

像饿狗一般撕咬一位疯子

都是自家人,诗人,二百五

与呓语对歌的段子手

情真意切的剧中人

永不言败的宗教人士

单纯的一次性口杯

那个节日迟迟不来如海市

那个信号遥遥无期似蜃楼

实在是书呆子气啊

一夜间蓄起的白发吓死李白

这个千古妙人儿个子不高

用吹嘘的大话赢得了赞美[9]

好吧，就凭他起誓

我们要等到海枯石烂的一天

十一

我要引你走出幽暗的小窝

去山上采一个硕大的蘑菇

湖心岛上有一场兰花展

从北方城郭来了大马戏团

老毛子的舞蹈通宵达旦

你厌恶低俗的趣味,说

真正的智者住在南方小城

养了一条金毛和一头野猪

一边学习它们的忠诚和泼辣

一边准备零零散散的著作

他要写尽爱情和真理的谬误

研究一些形而上的颓丧

都是才华惹的祸,你们男人

嫉妒说来就来,中伤诽谤

恨不得让所有天才家破人亡

衣不蔽体,食不果腹

佳人别离独自悲伤

一转眼满脸皱纹白发苍苍

十二

智者说要下一着大棋

事关整个的下半生和

真理的继承者以及秘密爱人

他们子孙的幸福和未来

可是一旦吹嘘出来便无秘密

请他喝茶的人来了

这家伙表情肃穆戴了金戒

根本不像那么回事

可也足够吓人,他尿了

这是第一次用剃刀揩腚

所谓的好险好刺激

从此总是重复一句人生如梦

一樽还酹江月[10]，鹦鹉之舌

如果一只鸟也算英雄

我就认输，甘拜下风

十三

我读过那么多不刊之论

上面写满千古流传的假英雄

他们不过是主子的玩物

一些没头没脑的莽人

扛着长矛大刀或粗棍子

往死里打一些体力不佳的人

谁来改写一下，哦，你

就有这不大不小的勇气

还有金合欢下边的浪漫

更有蓝眼人的超级理性

在夜色四合的冬季，在炉火旁

搓搓手干起来，干得漂亮

伟大的事业从来都是不声不响

字字戳准，风起于青萍之末

出淤泥而不染，然后咱们

去大明湖[11]痛饮一场

在海右此亭[12]流连一个下午

不醉不归，醉也不归

十四

瞧瞧那家伙来了,在此

打一声招呼谓之知会

你因无眠再加一层恍惚

南方的浪子已经无可安慰

老齐国的哥们[13]言而无罪

听情敌狡辩,吃卤水豆腐

掷下狂言有利身心

这是一次酣畅的对决

知无不言,闻者足戒

彼此都有愧疚,不过我

就此捧了一只肥肥的刺猬

沉甸甸的鼻头湿漉漉的,眼睛

黑亮，仔细看十分妩媚

自怨自艾的岁月就此消散

团结就是力量，就是钢[14]

我们齐声赞美青春和欲望

三弦琴频频弹拨的日子

担书小童必定来歌唱

所剩无几的银币不能乱花

我双目昏花，年纪已大

望远山郁郁葱葱，大雁

一会儿人字一会儿一字

十五

每到凌晨两点沮丧就会袭来

这是至危时刻，秒针

细数着所有的罪恶

我在空白处写下多余的生活

记录不曾偿还的钱币

在发霉的纸和镍的幽光下

发出急促的吞咽和叹息

如此短促的喧哗竟是一生

秋蝉等待霜叶下的冰冷

最难忘记我们相约于丛林

向往茫野，青青草地

一只小鸟摇荡而去的快活

把一路卵石装入背夹

压得我们喘不过气来

两天两夜躺在贪婪的床上

梦见老熊悠闲地赶路

河口的另一边，鸥鸟们

美丽洁白风度翩翩

它们的力量和美源于杀戮

人的道德和善良化为悲凉

十六

说好了有一场持久的相伴

听绵绵诉说，吟哦诗章

还有无边的嬉戏和无尽的缠绵

我飞升的那一刻你即归去[15]

现在是苦等最后的时辰

耳边絮语变成一只小蜥蜴

痒痒地爬上脸颊和胸口

捕捉大山后面隆隆的雷声

嗅着春雨之前核桃叶的清香

瞌睡虫正品尝金黄的糯米糕

只想把这一刻变成永恒

灵与肉的演练永不收场

第一滴雨落在完美的肚脐上

润物细无声,沉寂的居所

就因为这可怕的沉睡

恶魔偷走了失守的光阴

温情和谎言也就失去安慰

沙沙沙,枯叶片片落地

雪泥覆盖的日月一派萧索

我盯住安详,你的两眼

就像一条登岸的鱼

像山民那头老牛的最后时刻

无须告别,万籁俱寂

空中洒下一层薄雪

你踏着一地银针似的草芒

要走很远的路,翻过大山

把我扔在虚无的荒漠上

十七

是的,如你所料,软弱了[16]

尽管心里有一百个拒绝

久久仰慕那个伟岸的男人

护佑常驻灵魂的身影

在教堂金闪闪的尖顶上

写满了现世和未来的无畏

大河奔流与永恒无关

直到生命化为信念的尘土

化为无所不在的光束,才知道

那份渴念和寻觅,最终

属于不再卑贱的午夜

黎明及暮色及所有的时光

驱散不祥的预感和悲痛伤绝

掩于烟尘的石头来自地心

地上的林木要变成黑色的煤

挨紧凝固的小羊化石

多么神奇的毁坏和珍藏

一百万年挤压的戒指

两手相扣的叮嘱和张望

声声催促还是响起来

星月隐去，然后是漆黑

然后是无声无响的煤

十八

又细又长的唐宋之眸一闪[17]

瞥过了一千多年的冷艳

三十年河东三十年河西

北斗之柄指向一粒尘埃

我还记得小时候,那一天

牵了一头气势汹汹的水雾牛[18]

一种儿童喜欢的威武昆虫

拴上白线,天真烂漫

坐在椿树旁的白沙上

听老妖一边走一边打喷嚏

公主伪装成一只彩色的鸟

蜘蛛结好一张又大又密的网

中间是它阴沉多汁的灵魂

欢愉和仇恨凝成铁拳

猛击,把黑暗撞碎打穿

你在听,流下长长的泪水

接上的故事同样悲凄

宫闱后面,有膻味的爱情发生了

丝绒大幕拉开,小腔一撅

人们都知道她要唱了

她多么激动,闭眼,装死

花狐狸剥下美丽的皮

做成达官贵人的御寒之衣

巨冷来自北方,越过老铁山

不停地吹来西伯利亚的风

海参崴?那太近了,还要更远

起码是从库页岛北边

十九

咱们继续说半岛往事

那家伙八十五岁还登上汽车

胸口挂一个大纸牌

上书骄人的业绩：流氓

火热心肠震动四方

老人每年夏天都去度蜜月

和六十年前的不良少女

打得火热，一起划船吃冰棍

五分钱一支的奶油味儿

就这样傻乐直到官家收网

成为全城的污点和节日

在背叛的季节交换忠诚

在和平的日月搬动刀兵

不识潮水的山里人自认倒霉

哪里来哪里去，老同志

还有比你更惨的人

他们直接拉到东河滩枪毙

一了百了的事情年年发生

冤魂像种子落地生根

每年春天长出一片节节草

老中医叫它们麻黄[19]

是一种发散风寒的虎狼药[20]

在滴水成冰的日子里

多少人急需这种神奇的草

二十

千辛万苦才找到一个尤物

死而复生才写出一本小书

在南下的火车上认命

在蓝色牛仔裙下吟咏

我们以诗的崇高名义

做一番伟大而荒唐的事情

他们少见多怪,眼巴巴看着

那些放肆的地下情侣

毁坏了价值千金的雕花窗棂

老伯火了,说干脆架火铳吧

讲下大天来也不如这一声轰鸣

枪杆子里面出政权,出

油盐酱醋和万匹锦缎

那些欢快不已的羔羊

生来就为了赶赴一场豪宴

钟声响了，宾客来了

大腹便便早就装满咩咩

比起温顺的家养动物

实在便宜了那群野猪

它们在村姑们歌唱的田野上

在绿草茵茵的公园旁

等待那个文身的小子

他是老泼皮的七十二代孙

一个谁都惹不起的人

瞧瞧，他又按住了一个

咱们管不了，在这边轻轻哼唱

二十一

升到高处俯视,看自己

陌生的清寂之躯,深皱

写满哀切委婉的离情别意

一个生机盎然的居所就此废弃

我只得匆匆奔往他乡

在野菊花盛开的水渠边

找一口似曾相识的砖井

往昔的叮咛一齐涌上心头

在耳畔回响,攥紧双拳

誓言像云雀一样响彻云霄

当你疲倦不堪之日

我还是倔强的少年

我款款游走，深情注目

远天那片朝霞火一样燃烧

不知停留了多久，一回头

才看到窗棂上插了一支白花

坏消息于黎明前送达

莽林中有一棵病树开始枯槁

墙上有一把老琴落满尘埃

案上是永生无解的棋局

痛别，然后就是西出阳关

再次看到大漠孤烟

二十二

在你稚弱而茁壮的躯体里

藏下一部了不起的诗章

我是一个不懈的发掘者

不屈不挠，往复奔忙

惹出无尽的怨怒和仇恨

让一介书生变成强梁

神经绷紧几欲断裂

不再忍受也无须彷徨

空白的日子没有记忆

只有溪水潺潺流淌

落入鹅卵石的缝隙中

滋润一粒千年草籽

蜷曲伸展直到长成你的模样

狰狞的旁观者一直在等

准备奋力一扑，攫住

细细品咂荷尖上的一缕清香

第一个吃螃蟹的人真残忍

在大学操场上费力尝试

你说，成了，似乎有些惆怅

然后是逃离和思念

是沦落之年的江心漂流

老兵站门旁，背着锈蚀的枪

一遍又一遍询问路上风景

为什么如此惊艳又如此庸常

为什么小小衣襟上缀满了

蚂蚁蠕动似的徽章

老人在山楂树下笔直站立

等待无月之夜爬上山岗

紧紧攥住一把愚蠢的刀

开始一场概念化的追杀

你说每一次听完了长段子

心底就泛出一阵悲凉

二十三

是的,你必须轻轻地道歉

为屋前枯柳下的鸽子

为那几只滑爽的流浪猫

它们无辜,我也冤枉

单纯与忠贞举世无双

我在老磨盘的那一边

像牛一样等待和喘息

等来的却是一只小型白眼狼

收起埋怨吧亲爱的小鼹鼠

让我们把青春擦拭得放射光芒

在想象的草原上驰骋，挖洞

再攀上落满薄雪的老城门[21]

饮一杯淡淡的劣质啤酒

所有事都要抓紧，不能耽搁

世道正像花儿一样枯萎

你该拿出当年南下的狂野

生成一股无畏的大风

吹走心猿意马和一丝怯懦

伪装出少不更事的羞涩

听初春的隆隆雷声多么遥远

在云层的后面像开水一样滚动

像你的小胸脯急剧起伏

里面装满一筹莫展的坏主张

你喜欢那个中分头的英国人[22]

我迷上了老毛子中的大胡翁[23]

咱们是两股道上跑的车

单薄的身体却未能各奔西东

二十四

在最后岁月的最后时刻

看超绝的生命,从那扇窗户

喷吐出一团炽热的火光

烧毁绝望和华丽的晚年

在胸的左部和腹的右部

忠诚和背叛正日夜磋商

仍然没有确切的消息

没有派来吉祥的信使

在重重叠叠的黑暗中等待

树林撞击头颅的一瞬间

死寂中扑棱棱飞起一只大鸟

悄落窗前，衔来一片白纸

上面写满了遗忘之诗

记录矿床最深层的日夜敲击

找到一些逆时而存的宝贵金属

一捧晶莹的莫名之物

凹印下的三叶虫之影

在水光盈盈的史前夤夜[24]

那巨声传递的远处和隔壁

一只小蜥蜴昼伏夜行

来到我寂寞的卧榻旁

仰望着奇怪的光束从何而来

又缘何而逝,转换成一幕

头尾相环的悲歌和喜剧

谢幕的礼炮和狗吠交织一起

喧闹不已,匆促紊乱的脚步

到处是污迹、肮脏和酷寒

要记住圣人无姜不食[25]

驱寒之物千古未变

人间真的太冷了,瑟瑟发抖

恋人和非恋人相抱取暖

大幕徐徐落下，落下了

握别，他乡，彼此，一切

动物植物和星辰太阳

二十五

扔掉手中的小魔器[26]

黎明溢满粳米的浓香

雄鸡引颈四顾的草地上

有月亮磨洗的痕迹，欢快的

灵猫踏过一路芬芳

词语返回三千年前，好淳朴

地瓜糖越嚼越香

梧桐树上有庄子的凤凰[27]

紫色花苞在春风里荡漾

这个小魔器出自魔鬼

它们把心灵当成了故乡

从此时光就像打碎的苦瓜

连瓢带籽四处流淌

辛辛苦苦却白忙一场

我们这些老瓜农伤绝了心

只舍不得扔掉发霉的旧币

零散的碎银和宋朝的街市

那个万人赞叹的黄金时代[28]

少女们在广场赤膊相扑

皇帝神迷,扔下许多赏钱

惹怒了道貌岸然的大臣

大臣是对的，谏书义正词严[29]

时光之轮由坚桦做成

辙痕里盛满雨水，有鱼

无数的辙痕和无数的鱼[30]

它们都是灵魂在最后蹿跳

是延续千年的生生灭灭

直到辙痕生出青苔

小魔器又握到了手中

上天入地，隔山打炮

毁灭星辰和日月，最后

一起在枕边安眠，不再醒来

二十六

大王说这是铁板钉钉的事

只要将一车火药推过那座山

停在湖边和凉亭一侧[31]

就送我一片黑黝黝的土地

后来真的给了,够爽快

我架好篱笆,栽上三棵花椒

从日出忙到日落,躺下

看晚霞和花椒树上的麻雀

买不起牛[32]就买了一头小驴

它有美丽的大眼睛,我

每天都亲吻它的脑门和后颈

九死一生的长路毁掉三根脚趾

浑身疤痕在阴雨天奇痒

心爱的黄狗死去了

屋前的水井塌掉了

老婆和篱笆着了火,小姨子

煮了一碗救命的汤

就这样三年过去,大王

收回了那一小片黑土地

还夺走三棵花椒树

我再次变得一贫如洗

二十七

我在梦中打磨一支宝剑

天亮时割伤了自己的左手

一场送行即在眼前,你看

史记上的血勇骨勇和神勇[33]

咱们挑拣一样,任选

那么我愿做一名骨勇

脸色煞白的家伙提上它

去斩那个躲在北方的妖魅

童话里十分可爱的东东

有什么不如意,有什么不妥

寒光闪闪垂目而立

肃杀的季节说来就来

记载中巨魔的血是蓝色的

像马兰初开的模样,有一点紫

又像硫黄一样刺鼻

在锡合金密闭的屏风后面

丹炉正分离出一些朱红的颗粒

那个抢先含在嘴里的

就是阴郁凶险的大王

他的无名指上套了玛瑙戒指

衣襟上有饭汤的印迹

不要指向咽喉,下移至

命门二寸取其中空之穴

摘下那个微微发颤的

用最黑的心肠制作的毒囊

二十八

我在这座园林里等待

一位肃穆庄严的老者

他的长衫是酱色的,皮鞋

闪亮,笔直的裤线

时间一枚枚落在青桐叶子上

他弯腰拾起一地银币

看着它们从指缝间溜走

他说,我最怜惜的孩子

你把海边所有故事都讲出来

告诉那里的风有多么尖利

孤雁踟蹰,无边的雪地里

掩埋的青苗怎样颤抖

茅屋里的亲人怎样张望天空

蜡烛吹熄,没有一丝声音

生锈的枪刺下有一堆碎玻璃

冻土里的木炭怎样燃烧

嫣火映红了外祖母的白发

她是最擅长画梅的人

她是我最心疼的人

娇小的身躯让妖魅胆寒

她留下来独自担当

承受了大山一样的苦难

顽强从来没有极限

画梅人超越了所有的想象

二十九

我亲眼看到河水怎样变色

它泣哭了三天三夜

从上游到下游,入海的水湾

撒满捣烂的玫瑰和鸡冠花

在阳光下呼号奔流的紫色

两岸飞鸟惊遁,狰狞之声

镢头和矛枪碰撞出刺眼的火光

死亡做成一排排秋千

从山地到平原,从魔窟到深渊

所有的血泪都汇入大河

淹没无边的青草和灌木

入海口有一条无法融合的线

三天三夜对峙着红与蓝

谁来诉说，谁来盯视，谁来倾听

巡海的夜叉惊慌逃窜

乌云给星辰蒙上眼睛

在没有神灵的日子里

爬上小院的蔷薇突然凋谢

炊烟颤颤抖抖然后断绝

碌碌群蚁全部归巢

路口上那棵张望的老柳树

轰然倒塌惊飞一群乌鸦

三十

那个长发飘飘的大王说

快快备下人手和车辆

越多越好,要找粗笨的车夫

头尾不见的车队穿过大漠

走过无数白昼与黑夜

在天亮前抵达一个黄金广场

去那里埋锅造饭,倾倒军粮

把砍刀和镖枪重新磨亮

所有多余的东西都要扔掉

拆毁路障,活物一只不留

车夫醒来时都要佩戴勋章

脸上涂抹红土,更换制服

变成彪悍的虎豹豺狼

黎明前清点车辆，记账

三十车劫来的珠宝银圆

四十车绸缎和栀子花籽

二十车猪尾巴和风干鸡

六十车残忍无耻和卑鄙肮脏

无数的阴谋诡计荒淫和欺骗

满筐的大枣已经腐烂

老鼠胡子做成的一堆刷子

鸡毛掸子和鸦片枪

加紧干吧小的们，麻利些

午饭要在皇宫里开

抓紧些，那是一场满汉大餐

三十一

因为这里有膏壤,白土

粉细糯香,黑土闪着油光

往死里争夺,三天三夜

噎死三十多个青壮

这是全村最后的食物

这里埋下了隐秘的粮仓

挖掘,双手捧出鹅卵石

就像啃食土豆,咔嚓

咬得太狠,牙齿脱落

不到黄河心不死

过了黄河心不甘

迎着海风赶路,还来得及

所有的人和鱼都装在船上

走啊走啊，千万不要倒下

当闻到腥气听到了鸥鸟

咱就有了活下去的希望

这条求生之路只有七里

却在脚下变成了七百里

离大海不远了，海草房像蘑菇

蘑菇里爬出一些半裸的人

他们一边喘息一边商量

商量怎样去南边的村庄

听说那里发现了白土

还有肥得流油的黑色膏壤

三十二

最后的等待是这样漫长

从黄昏到凌晨再到正午

你双眼紧闭,呼吸轻细

已经没有力气扯紧我的手

天外传来一丝声气

一个只有我才能听到的隐秘

我的脸埋到粗糙的掌纹里

盲读和重温一生的细节与消息

最艰难的是最后一公里

一束银花，一棵山楂树的白发

我们约定的岁月之初

去纯洁的沙子上寻找那些印痕

从青春的坑凹里发掘块根

可你一直沉睡，身重如石

对一切都不管不顾

手好像有些烫了，烙着面颊

心灵的窗洞飞快一闪

让我失声喊叫，跌坐不起

我们一生的合谋遥遥无期

离开这一刻将有一场飞翔

放走的精灵消逝在银河系

那里寒冷干燥，再无热泪飘洒

没有相识也没有分离

在一个萧萧落木的深秋

谁也找不到跳动的炉火

没有怜惜也没有热恋

没有衰老落下的苍白灰屑

三十三

让我低吟一支送行的歌

粗浊的歌喉第一次

也是最后一次响在心头

山楂花从昨天开始凋谢

它等不到老友回到那片沙岗

枯守中抱紧躯干,将乌发

埋在脚下焦干的沙子里

这一行程早在规划之中

而今却成为无法践行的约定

时钟嘀嗒，窗上的光在收走

安详的猫儿徘徊了一圈

再无犹豫，这至美的生灵

听到了打点行装的窸窣

依偎到耳旁做最后叮咛

天黑了，一天结束

我们将于深夜启程

这是生来第一次各自上路

从此再也没人听我任性的怨诉

他们把你抬到陌生的树林里

有许多鸟伫立在梢头

最后的一瞬，我想的还是山楂花

三十四

一直想讲一个敲击的故事

一座山和一个不幸的人

他们的爱，厮守和搏杀

你听吧，人和山，今与昔

一切都在时紧时缓地行进

节奏一如既往无声无响

那个人厌恶第一缕阳光

他最感激星辰的慈悲

绳子和铁棍编成的褥垫

石子和淤泥垒成的卧床

蚂蚁分食他的苦酒

老狗獾偷走他的干粮

老山妖剃光了他的头发

老风婆撕烂了他的衣衫

一个浑身如炭的家伙

有一天不点自燃，赤火

在山野上腾腾而起，蔓延到

太阳降落的另一座山

那里有一个野汉敲打木盘[34]

一群蛮子在放声高唱

他们循着烟气呼号和追赶

最后抓到了一个食人番

三十五

不食周粟[35]也不吃海盐

流泉旁是有毒的粟米糕

用头巾滤过沙子和春酒

听那声绝响在山外回荡

饮牛洗耳[36]的日子就在眼前

琴弦有无皆可弹[37]，陋室

在一天深夜燃成了灰烬

一家老少住到船上[38]

浮萍引路水流三千

只为了给廉耻找一个居所

在最早铸鼎的那个河边[39]

瓦砾成山,烟火熄而又燃

大河马爬上岸气喘吁吁

说快盖一座大山一样的宫殿

奴隶们呼喊着索要大蒜

没有这刺鼻的辣味就要罢工[40]

宁可死,宁可制成陶俑

直挺挺躺下什么都不干

河马抖着肥厚的鼻孔笑了

用纤细的水蹄画出金字塔

沙漠的颜色和骆驼

还有天边的落日辉煌

一排齐刷刷的橹杆摇动起来

一色的军礼服上缀了金穗

元帅的军刀逼退螳螂

多么好玩的游戏,伙计

贵在参与,你竟然毫不动心

朝菌和蟪蛄[41]斜眼看你,说

天下最大的一个傻瓜

三十六

我是一只千年老龟

额头长出了绿色海草

在茫茫昏沉的长夜里游啊游

如海洋一般健忘和无眠

胸部刻有一部石头史诗

让一群赶海的少儿纷纷猜测

他们争执，默读，可爱的小黄口

天地间溢满了我的爱怜

我见过大火烧毁堂皇的龙宫

嗅过大丽花一样的熔岩

那么美的红色瀑布落下时

干瘦的牧羊人正站在山巅

一座岛就此造好了，寸草

不生的日子倏然而过

最后连美丽的小鹿也有了

少女来了，坏人接踵而至

老谋深算的族长派来使者

商量开设妓院和赌场的事情

他们需要一个持重的见证者

诡谲的目光一齐投向我

咱以石头一样的沉默应许

我知道第二次瀑布奔流的日子

得悉那个密报的流星之子

是大神的次子,上苍的外孙

他们一边飞着一边闲谈

就像你们散步时嘴巴不严

三十七

话又说回来,亲爱的诗童

你在那个中分头的英国人跟前

抚摸了一个昼夜,然后

说起小吉丁[42]的陈年往事

将无限的耐心和慈爱装进

小小的胸部和心灵

大约在七三年的夏天

我因沮丧写出了第一首诗

从此就踏上山重水复疑无路[43]

苦找那条开满红花的小径

去逮横行的小螃蟹，投入

罐头盒改成的小洋铁桶

用它打井水，盛板栗

舍不得吃外祖母给的蛋糕

我们有不可比拟的童年

分别来自大海和不太高的山

你精神异常的日子里

我为你祷告通宵无眠

天下兴亡匹夫有责或无责

讨论这些真金白银的原理

不忍看白发袭鬓,天哪

你揩啊揩,弄不掉我额头的雪

三十八

北宋的那个顽童在迷宫里

品尝南酒炖鳜和甜笋

最毒的河豚[44]到手的那一天

他乐成了什么,好色者嘴馋

说好了是一条不系之舟[45]

在心海里出没,放荡千年

就因为一幅王维的画[46]

延误了朝廷遣来的官船

这个人很像我半岛的兄长

一双眼角微微上扬

都知道他是一个好事之徒

精力充沛活得不长

滚滚雷声从山后搬动南瓜

黑色火药堆满了庙堂

老旧的紫袍上缀了铜纽扣

而今变成狗熊的西装

从海南北归之路就开始抱怨[47]

说一蟹不如一蟹

是的,无法复制你的顽皮

甲板飘零,水手老去

撑帆人叼着烟斗的模样

让刻舟求剑者一阵匆忙

三十九

外祖母有一场宏大叙事[48]

从蓬莱岛[49]说到对马海峡[50]

说千古一帝[51]渺小的贪欲

华丽而盛隆的楼船一角

有一个十指长长的人醉了

旁边的人劝他搞些色情

正劝,涛涌里跃出一些巨鲛[52]

水路凶险飞鱼如梭

那是龙王的兵将和神秘使者

护卫仙山琼阁,玉檐筑窝

只有风平浪息的月夜

淳美和孤独才簇拥了男子

他知道爱与自由千金不换

社稷的母亲名叫光阴

玉阶下散发出阵阵尿骚

该来的刺客没来,迎接的

是这个世纪最大的毒枭

大王何不背剑而拔[53]

史官记下了这个倒霉的瞬间[54]

深渊黑乌乌,在脚下铺开

我们此去断没有归来

四十

东夷人最先造出了铁器[55]

这才有一场不驯和背叛

出海人说,不跟他玩了

咱到海中寻找三仙山[56]

骊山[57]那里出产唬人的老帽

他们不知大九州[58],旱地蛮子

让美轮美奂的临淄烽火连天[59]

千万不要说那是你的故乡

你申明出生在南部山区

那里长满了英俊的青杨

我的耳朵听出了老茧

你的怒火如大海波澜

情感这东西整严有序

这样的时刻还是严肃吧

我们在谈论险峻与传奇

给历史之页盖上大红关防[60]

偷鸡摸狗的事构不成史诗

史诗由盲汉传唱而成[61]

这本身就是伟大的奇迹

我们东方也有一个盲汉

他创造了不朽的二泉[62]

剩下的全是平庸之人

振振有词不过是一场荒诞

四十一

无言的踌躇拖延至今

激昂的宣示在心底翻滚

只要未能打开哑巴的喉咙

就无法诠释短促的一生

隐秘就像打破碗花的白根

在地下攀爬，织成一张巨网

钻出嫣红的火苗烧啊烧啊

这就是它的生机和青春

爱情在暗处伸展，繁衍不息

悬挂到高高的篱笆上

在急一阵缓一阵的风中

传递出美丽诱人的消息

还没等枯萎的暮云丝丝落下

少年就把欢乐的开关打开

哗哗,满溢的灯光和流水

好一阵痛饮,小嘴湿漉漉的

不厌其烦地亲吻和拥嘎

再老实的人也变得诡秘机灵

来而复去的星星和风

得而复失的光和热

一切都来不及复述和言说

咱们坐在野麦草编织的凉席上

感激着神灵恩赐的生活

四十二

饮过六十年的浊酒和

粗劣的老砖茶,终于得到

一把稚嫩的湖边紫芦芽[63]

想好好享用第三届青春

所有细节都用麻纸记下

送给那个戴长筒短檐帽[64]的人

黎明前编好一首怀念的歌

半夜里吟哦三大功业[65]

那人无法忍受庸常的时光

馋,藏不下玉露琼浆

到处寻索一些微妙的偏方

一遍遍尝试,琢磨

想与狂野的心达成谅解

折磨的长夜漫漫无边

古人的心情也常常糟透了

我要写一封没有地址的长信

家长里短，万语千言

是的，我又一次病入膏肓

这种事谁也没法绕过去

不能掩饰也不敢说谎

下笔千言，深奥，了无新意

再为我做一次毒鱼吧

要吃河豚就不能怕死

狠心的主妇捋一下头发

麻利地扎上围裙，下厨了[66]

四十三

洒落金桂的青砖路上

秋天的气息繁华而悲凉

思念一些无情无义的老友

他们分散在四面八方

有的在海岛上垂钓,船接船送

如此奢侈却浑然不觉

不知道一个老迈的故交

已经身陷撕扯的激流

像一条寻找诱饵的石斑鱼

等不到治大国若烹小鲜[67]

就要一意孤行,自行了断

没有谁前来规劝和对饮

醉醺醺深夜走人

只留下一个垂死挣扎的家伙

独自解决明天的困境

当新鲜的阳光把尘土照亮

陈旧的伤疤又开始痛痒

满街都是异乡的声音

穿过碎玻璃刺眼的反光

赶赴一场小丑的盛宴

昨夜的醉意握在手中

就像抄了一把锋利的刀

如何斩断烦恼之丝，转身

把门外的甜橙抱回家

若无其事地痛饮一杯老茶

四十四

一丝丝升到高处的

是我不能悬停的声音

不知怎样才能完美地滑落

优雅，像甜乳一样圆润

有天鹅绒那样的质地

全场屏息，每颗心都在揪紧

都害怕砰然一声跌落

从脆弱透明到四分五裂

只有善良的心灵陪伴爬升

从海拔为零的地方起步

那是观众席看到的高度

是从枯井边缘开始

一寸一寸拉动涨满的帆

风暴中的号角已经嘶哑颤抖

紫铜管在尖利地催逼

划伤了我的后背和手

还有结满瘢痂的胸口

往下看一片浑茫漆黑无边

无法分辨泪珠和汗水

我告诉自己,并非所有人

都有这样的悲壮和荣耀

握紧一份屈辱的存根簿

这是人类古老的记账方式

四十五

我要像兔子一样归隐山林

爱上一个人,直至长眠

将她的朗朗笑声化作图腾

在那白蓝相间的花衬衫上

寻找一条通向幸福的秘径

在一片蓝铃花摇动的高岗上

遥望异国的思念,怎样

变成一块坚硬的石头

那艘三千多人的豪华游轮

日夜不息的歌舞,污浊的

空气躲开新鲜的海风

归来之日即缠绵病榻

从白桦林惊飞最后几只鸟

我携带了仅有的几本书

来探望平生最恨的挚友

一起吃粗粮,喝自酿酒

传递谣言和天外故事

告诉他城里的房子泛着水渍

那个熟悉的酒馆来了大鼻子

外国人搂住了咱们校友

狂犬病又一次泛滥

老东家摆摆手说平安无事

儿媳过上了两面人的生活

如此度过余生实在值得

多棒的乡间远野,听栗子树

纯金般的叶子哗哗摇动

四十六

那湖边的房子不属于我

我有无数的朋友

它们是湖里的青蛙

在纵横奔驰的兔蹄下边

收集一把黑心菊的种子

种几亩玉米等待野猪

栽一株无花果招待喜鹊

遥遥相对的那座茅屋

居住了一位英勇的少年

他赶走了时光的化妆师

采用丛林狐狸的计谋

在越来越远的布谷声里

与神秘的老巫师声声对答

直到日子串成闪亮的冰果

白杨树脱下了去年的衣装

那个朝思暮想的人才赶过来

在湖边缓缓踱步，沉思

倒背的手中攥一把镰刀

待会儿一起收割这个秋天

湖畔袭来阵阵菊香

茅屋里走出摇摇晃晃的少年

我们终于迎来醉酒的季节

日出而作，无悔无怨

四十七

你矜持的手从我头顶

挪开,在苦难的米粒上划动

把它们装入陈旧的纸袋

想着冬天断炊的日子,那群

啾啾的小鸟和那只门旁的狗

我一声不吭,享受和等待

想着过日子的艰难和

一些婆婆妈妈的事情

安定下来真好,你说呢

以前的颠簸也是没事找事

用粗话说是闲得蛋疼

轻狂的浪子总是令人生厌

咱明白，咱缄口，咱忍受

聪明人什么都能消化，就像

每日打坐者的数息之功

担心的是气机终会发动

那时候就会再次孟浪

就会义无反顾不辞而别

瞒着你办大事，去行刺那个

在幽暗中夫夫吹气的冷蛇

一把宝剑青魆魆的，是兄长

用心海翻滚的口诀炼出的

吹发即断，落帛即斩[68]

你的爱人正扎紧了夜行衣

昼缓夜疾行色悄然

他是一个语言的刺客

四十八

柳条筐里藏下致命之物[69]

在灰色蜡染花布下隐隐跳动

苍白的男子欲前又止

望一眼空中那团炽烈的热源

正垂目冥思,它又跳

在这千钧一发之时,挚友

猛地按住那只冰凉的手,说

那不过是一头野猪

而你是精金炼成的瑰宝

剃掉一根粪土浸过的兽毛

何必使用寒光闪闪的钢刀

心如死灰,鹰折双翅

就这样阻断复仇之路

愁云密布,遮去英雄之光

额头像岩石一样沉重

颓然栽倒在战友怀中

这就是那个半岛传奇

好像活在今天,近在眼前

四十九

放逐的王子就在这里登岸

盔甲化为沙岸上的贝壳

又在日灼下变成一撮沙末

长出一片黝黑的咸蓬

灵魂变云雀，在阴凉下筑窝

拉网人听着不倦的情歌

谁都不再追究它的前世今生

从哪里走出又在哪里重逢

这是两个世界两个生命

重于泰山或轻于鸿毛[70]

所有书生的说辞听听而已

那个最老的执笔者[71]已然不朽

他写下的是无韵之离骚[72]

散发出历史的茴香气

熏跑了一群青春年少

归来的日子遥远啊遥远

要等整整一道轮回之后

痛苦辗转，沙原上长满金合欢

那个头戴桂叶的人[73]赤脚走来

灿灿花束为了一人开放

五十

千里迢迢只为索要一枚贝壳

志在必得,永不退缩

从认识海浪的那一天开始

从告别这片山峦的日子结束

你在曲折的长巷里生息

过着天下最残忍的日子

你是温良的素心魔女

你是化成了青草的致命之火

你永远都不知道自己如何燃烧

你在最深的土层下涌动流泉

仁慈的手把我推到了大山后面

让我在一小块菜地上种菠菜

菜地旁长了一棵最小的桃树

它只结一枚桃子，在顶部

和第一场雪同时垂落

那是我精心培育的果实

是一个秘而不宣的消息

桃树在，大山在，人也在

我的珍宝藏在那里

在纷纷扬扬中散发浓香

它被蠢狼叼走，被家狗追下

最后藏到了老熊的窝里

你看到笨拙而稳重的步态

就去那个温热的洞穴寻觅

你所要的,就必定属于你

五十一

所有的烦琐不过是仪式

因为过于冗长而令人生畏

好在一切终将过去,冬天

再厚的雪也要融化

挂到春天的稚芽上闪烁

旭日东升,鸡鸣了,你

娇羞无比就像一个新娘

红霞披上了最艳的嫁妆

对面坐了一个粗手大脚的人

双目如钉双手冰冷

像在空旷的荒漠上四目对视

别无选择，托付终身

美好而幼稚地用力簇拥

各自携带了沉甸甸的金子

相向而行，微笑宛如处子

今生竟这样单纯而又不幸

在混茫无知的记忆的深处

昏昏沉沉叫不出姓名

只安然沉着地食下水米

只等这个时辰到来，交付

可是一遍遍搓揉眼睛

老天,这个人是谁

铁板钉钉的事情也会相欺

煮熟鸭子的是命运

天哪,煮熟的鸭子也会飞

五十二

我的大名叫不济,小名叫悲伤

游游荡荡,变成一个强盗

偷袭那些言而无信的人

掘开层层垒叠的不义的粮仓

天下冷灶一一敞开

双颊干瘪,脑壳低垂

睁大眼睛盯住罪恶

满世界都是欺骗和不公

我是公义之乡派来的

一个生性嗜血的狠人

一个被中伤和爱施过咒语

被那个凶险的眸子瞥过的人

我拔下毒箭踉跄而行

倒地时发现一行脚印

一泓幽蓝的水,水边莎草上

咬了一只红色小蜻蜓

原来有人走过了同样一程

他在这里歇息渴饮

原来这条长路永远是一个人

独行者拒绝所有承诺

只要是依靠和求助，特别是

爱的参与或使用它的名义

就一定要远远逃离

我将一口气赶回大山那边

守住那片小小的菜地

照料那棵小小的桃树

2020年6月19日
2020年7月29日

注 释

[1]《少年中国说》,梁启超文章,称封建专制中国为"老大帝国",热盼一个朝气蓬勃的"少年中国"。

[2] 位于山东省济南市西南部的大峰山齐长城,是春秋战国时代齐国修筑的军事防线,距今已有 2700 多年历史,是中国现存最古老的长城。

"长城之阳,鲁也;长城之阴,齐也。"(《管子》)

大峰山齐长城的城门,作为当年齐、鲁两国往来的关口要道,迎候使节、交换俘虏等外事活动都在此进行。

[3]"活水还须活火烹,自临钓石取深清。大瓢贮月归春瓮,小杓分江入夜瓶。茶雨已翻煎处脚,松风忽作泻时声。枯肠未易禁三碗,坐听荒城长短更。"(宋·苏

轼《汲江煎茶》)

[4]见西班牙作家塞万提斯的骑士小说《堂吉诃德》。主人公为阿隆索·吉哈诺,自封骑士,骑瘦马持长矛,"行侠仗义,游走天下"。

[5]"孔子以诗书礼乐教,弟子盖三千焉。"(汉·司马迁《史记·孔子世家》)此处喻忠实于老师的大学生们。

[6]"孙敬字文宝,好学,晨夕不休,及至眠睡疲寝,以绳系头,悬屋梁。"(《汉书》)

"(苏秦)读书欲睡,引锥自刺其股。"(《战国策·秦策一》)

[7]"采菊东篱下,悠然见南山。"(晋·陶渊明《饮酒二十首·五》)

[8]"嵇中散临刑东市,神气不变,索琴弹之,奏《广陵散》,曲终,曰:'袁孝尼尝请学此散,吾靳固不与,《广陵散》于今绝矣。'"(南朝·宋·刘义庆《世说新语·雅量》)

嵇中散,即嵇康,三国时期曹魏文学家、音乐家,为司马昭所害，时年四十岁。

［9］"虽长不满七尺，而心雄万夫。皆王公大人许与气义。此畴曩心迹，安敢不尽于君侯哉！"（唐·李白《与韩荆州书》）

"我本楚狂人，凤歌笑孔丘。"（唐·李白《庐山谣寄卢侍御虚舟》）

"仰天大笑出门去，我辈岂是蓬蒿人。"（唐·李白《南陵别儿童入京》）

［10］"故国神游，多情应笑我，早生华发。人生如梦，一樽还酹江月。"（宋·苏轼《念奴娇·赤壁怀古》）

［11］位于山东省济南市，由众多泉水汇聚而成。北魏郦道元《水经注》中称"历水陂"，唐代又称莲子湖。宋代文学家曾巩称"西湖""北湖"。金代文学家元好问在《济南行记》中始称"大明湖"。

［12］"海右此亭古，济南名士多。"（唐·杜甫《陪李北海宴历下亭》）

"海右此亭"指济南历下亭，又称古历亭，位于大明湖东南隅岛上。

[13]"老齐国的哥们"指山东半岛男人,泛指"山东大汉"。

[14]"团结就是力量;这力量是铁,这力量是钢。"(《团结就是力量》)牧虹作词,卢肃作曲,产生于1943年6月晋察冀边区平山县黄泥区的一个小村。

[15]此节系灵魂与肉体的对话。"我"指灵魂;"你"指肉体。

[16]"总要警醒祷告,免得入了迷惑,你们心灵固然愿意,肉体却软弱了。"(古希伯来语)

"我们坚固的人应该担代不坚固人的软弱,不求自己的喜悦。"(古希伯来语)

"我的恩典够你用的,因为我的能力是在人的软弱上显得完全。"(古希伯来语)

[17]唐宋仕女图,以细长丹凤眼为美。

[18]"水雾牛",昆虫,属于天牛科中体形最大者,因为常于大雾天出没,故有此俗称。

[19]麻黄:"主中风,伤寒头痛,温疟……除寒热,破症坚积聚。"(《神农本草经》)

［20］"虎狼药"，药性猛烈之草药俗称。

［21］大峰山齐长城古城门。详见注释［2］。

［22］指T.S.艾略特，英国诗人、剧作家。代表作有《荒原》《四个四重奏》。

［23］指托尔斯泰，俄国作家。代表作有《战争与和平》《安娜·卡列尼娜》《复活》。

［24］夤夜，深夜，据说是人心最脆弱的时刻。

［25］"不撤姜食，不多食。"（《论语·乡党》）

［26］"小魔器"，指智能手机。

［27］"夫鹓雏发于南海，而飞于北海，非梧桐不止。"（《庄子·秋水》）鹓雏，为古代传说中的凤凰。

［28］宋代开国皇帝太祖赵匡胤给后代子孙立下"勒石三诫"，其中一条是"不杀士大夫和上书言事者"，一条是"子孙有渝此誓者，天必殛之"。北宋时期被认为是历史上"士的黄金时代"。

［29］北宋仁宗皇帝上元灯节出宫与民同乐，赏赐女相扑手，司马光上《论上元令妇人相扑状》，批评仁宗。

［30］"周昨来，有中道而呼者。周顾视车辙中，有

鲋鱼焉。周问之曰：'鲋鱼来！子何为者邪？'对曰：'我，东海之波臣也。君岂有斗升之水而活我哉？'周曰：'诺，我且南游吴越之王，激西江之水而迎子，可乎？'鲋鱼忿然作色曰：'吾失我常与，我无所处。吾得斗升之水然活耳，君乃言此，曾不如早索我于枯鱼之肆！'"（《庄子·外物》）

[31]"湖与凉亭"，见注释[11][12]，在济南市，这里泛指"城市"，喻告别乡村进入城市。

[32]北方农村俗语："三十亩地一头牛，老婆孩子热炕头"，喻幸福的农耕生活。"牛"为这种生活的重要元素之一。

[33]战国时代燕国勇士田光为燕太子丹谋划刺杀秦王，举荐荆轲时说："夏扶血勇之人，怒而面赤；……武阳骨勇之人，怒而面白。光所知荆轲，神勇之人，怒而色不变。"（汉·司马迁《史记·刺客列传》）

[34]"考槃在涧，硕人之宽。独寐寤言，永矢弗谖。"（《诗经·卫风·考槃》）写避世独居的隐士在山中扣盘而歌。

[35]"武王已平殷乱,天下宗周,而伯夷、叔齐耻之,义不食周粟,隐于首阳山,采薇而食之。"(《史记·伯夷列传》)

[36]相传上古时代高尚清节之士许由,闻听尧让位予己,觉得污染耳朵,便临颖水洗耳;隐士巢父认为许由洗耳之水变秽,不愿让牛在下游饮水。出自汉代蔡邕《琴操·河间杂歌·箕山操》。

[37]"渊明不解音律,而蓄无弦琴一张,每酒适,辄抚弄以寄其意。"(南朝·梁·萧统《陶靖节传》)

[38]晋代诗人陶渊明辞去彭泽令、归隐田园第三年(408年)夏,一场大火将住所焚毁。诗人全家暂栖船上。

"草庐寄穷巷,甘以辞华轩。正夏长风急,林室顿烧燔。一宅无遗宇,舫舟荫门前。"(晋·陶渊明《戊申岁六月中遇火》)

[39]"黄帝采首山铜,铸鼎于荆山下。"(《史记·封禅书》)

"黄帝铸鼎于荆山,炼丹砂。"(唐·李白《飞龙引二首·一》)

河南灵宝荆山下有黄帝陵,黄河文明发祥地。

［40］古埃及人认为大蒜是力量的源泉和象征。埃及法老胡夫在修建大金字塔时,曾因大蒜供应中断而导致罢工。法老胡夫只得花费大笔黄金购买大蒜,使工程得以竣工。

［41］"朝菌不知晦朔,蟪蛄不知春秋。"(《庄子·逍遥游》)

［42］英国诗人艾略特代表作《四个四重奏》中的一首诗歌。"小吉丁"是指17世纪英国内战时期国教徒聚居点的一处小教堂。

［43］"山重水复疑无路,柳暗花明又一村。"(南宋·陆游《游山西村》)

［44］苏轼盛赞河豚之美:"据其味,真是消得一死。"

［45］"思吴信偶然,出处付前定。飘然不系舟,乘此无尽兴。"(宋·苏轼《次韵赵景贶春思且怀吴越山水》

"心似已灰之木,身如不系之舟。"(宋·苏轼《自题金山画像》)

［46］苏轼在陕西任凤翔府签判时,常在普门寺和开

元寺吴道子与王维画作真迹前流连忘返。

"吴生虽妙绝,犹似画工论,摩诘得之于象外,有如仙翮谢笼樊。"(宋·苏轼《王维吴道子画》)

"味摩诘之诗,诗中有画。观摩诘之画,画中有诗。"(宋·苏轼《书摩诘蓝田烟雨图》)

［47］公元1100年5月,时年65岁高龄的苏轼度过七年流放生涯,从海南儋州遇赦北归。

"初复中原日,人争拜马蹄。"(宋·诗僧参寥《东坡先生挽词》)

1101年6月,舟行赴常州时,运河两岸成千上万民众随舟而行,苏轼对朋友说:"莫看杀轼否?"

7月28日,病逝于常州孙氏馆(今常州市延陵西路"藤花旧馆")。

［48］徐福受秦王派遣去东海寻长生不老药,一去不归。

"齐人徐福等上书,言海中有三神山……仙人居之。请得斋戒,与童男女求之。于是遣徐福发童男女数千人,入海求仙人……得平原广泽,止王不来。"(汉·司马迁

《史记·秦始皇本纪》）

［49］又称"三神山"，传说在山东东部渤海中。

"自威、宣、燕昭使人入海求蓬莱、方丈、瀛洲，此三神山者，其传在渤海中，去人不远。"（汉·司马迁《史记·封禅书》）

［50］指北太平洋西缘、日本群岛西南端，对马岛与壹岐岛之间的水域。据考证徐福东渡船队穿过对马海峡抵达日本九州。

［51］指秦始皇。

［52］"方士徐福等入海求神药，数岁不得，费多，恐谴，乃诈曰：'蓬莱药可得，然常为大鲛鱼所苦，故不得至，愿请善射与俱，见则以连弩射之'。"（汉·司马迁《史记·秦始皇本纪》）

［53］"轲既取图奏之，秦王发图，图穷而匕首见。因左手把秦王之袖，而右手持匕首揕之，未至身，秦王惊，自引而起，袖绝。拔剑，剑长，操其室。时惶急，剑坚，故不可立拔。"（汉·司马迁《史记·刺客列传》）

"有小内侍赵高急唤曰：'大王何不背剑而拔之？'"

（明·冯梦龙《东周列国志》）

[54] 指汉代司马迁著《史记》。

[55] 胶莱河东部半岛上的古东夷部落发明炼铁术，最早使用铁器。

[56] 见注释［49］。

[57] 秦始皇葬于骊山。这里指秦始皇出生于西部地区。

[58] 战国时代齐国人邹衍提出的地理学说："以为儒者所谓中国者，于天下乃八十一分居其一分耳。中国名曰'赤县神州'。赤县神州内自有九州，禹之序九州是也，不得为州数。中国外如赤县神州者九，乃所谓九州也。于是有裨海环之，人民禽兽莫能相通者，如一区中者，乃为一州。如此者九，乃有大瀛海环其外，天地之际焉。"（汉·司马迁《史记·孟子荀卿列传》）

[59] 公元前221年，秦军攻占临淄，俘齐王建，齐亡。当时华美宫殿洗劫一空，秦人日夜搬运珠宝奇珍，城内浓烟滚滚。

[60] 印信的一种，始于明初。明太祖朱元璋为防止

作弊，用半印，以便拼合验对。后发展为长方形、阔边朱文的关防。清代，正规职官用正方形的官印，称"印"；临时派遣的官员用长方形的官印，称"关防"。

[61] 相传古希腊盲诗人荷马，创作了《伊利亚特》《奥德赛》，统称为《荷马史诗》，是西方文学中最伟大的作品之一。

[62] 中国民间盲人音乐家华彦钧（阿炳）创作了二胡名曲《二泉映月》。

[63] "久闻蒌蒿美，初见新芽赤。洗盏酌鹅黄，磨刀削熊白。"（宋·苏轼《岐亭五首·一》

"竹外桃花三两枝，春江水暖鸭先知。蒌蒿满地芦芽短，正是河豚欲上时。"（宋·苏轼《惠崇春江晚景二首·一》）

[64] 苏东坡设计的帽子，称"东坡帽"，又称"子瞻帽"，常见于宋代画家笔下。"士大夫近年仿东坡桶高檐短帽，名曰'子瞻样'。"（清代王文浩引宋代李廌《师友谈记》）"元祐初士大夫效东坡顶高筒帽，谓之'子瞻帽'。"（明·王世贞《调谑篇》）

〔65〕"问汝平生功业，黄州惠州儋州。"（宋·苏轼《自题金山画像》）黄州、惠州、儋州，均为苏轼贬谪流放之地。

〔66〕"东坡居常州，颇嗜河豚，而士大夫家精于烹是鱼者，辄招东坡享之。妇孺倾室聚于屏后，欲闻一语品题。东坡下箸大嚼久之，寂如喑者。主人黯然，屏后集者失望相顾。东坡忽投箸大声叹曰：'值得一死于是！'合舍大悦。"（宋·孙奕《示儿编》）

〔67〕"治大国，若烹小鲜。"（老子《道德经》）

〔68〕传中国有十大名剑，如干将莫邪，分雌雄两把；另有实存的"越王勾践剑"，为出土文物，异常锋利。

〔69〕指1906年山东同盟会负责人徐镜心在济南欲刺清廷学部侍郎清锐，被同盟会会员孙丹林劝阻。当时篮内藏有勃朗宁手枪、马牌六轮手枪。

〔70〕"人固有一死，或重于泰山，或轻于鸿毛。"（汉·司马迁《报任安书》）

〔71〕指司马迁。

〔72〕鲁迅在《汉文学史纲要》中称《史记》为"史

家之绝唱,无韵之《离骚》"。

[73]"那个头戴桂叶的人",指受到缪斯女神中诗歌女神(Musa)欣然接纳的"我"。

代 跋

晦涩的朴素

张杰：《不践约书》的阅读感特别像当年读《九月寓言》，不同的感觉是当年小说中的茅草长成了这首长诗中的大树，这对我来说是一个阅读意外。当然，那个时候您正处在生命力和创造力最旺盛的阶段，作品里所蕴含的丰富能量和冲击力是比较容易理解的，但《不践约书》却埋藏着一种更强烈而成熟的冲击力和创造力，说实话这种时空穿越感让人感到有点不可思议。《不践约书》所蕴含的如此巨大的生命能量是从哪里来的，这首穿越历史与现实的长诗究竟是怎样生成的？

张炜：我大约是二十世纪七十年代初开始写诗的。我一直认为诗是文学的最高形式，而且不分时代和种族，没有什么例外。有人认为至少在我们这里，诗的时代是过去了，大行其道的应该是小说。小说的边界一直在扩大，但诗仍然居于它的核心。出于这种认识，诗就成为我终生追求的目标。

没有抓住诗之核心的文学，都不可能杰出，无论获得怎样多的读者都无济于事。一般来说，阅读情状是一个陷阱，写作者摆脱它的影响是困难的。对于诗的写作来说就尤其如此。写作者的生命重心会放在诗中。有这样的认知，那么生命能量无论大小，都会集中在一个方向，这方向几十年甚至终生都不会改变。

青春期的冲决力是强大的，也更有纯度，所以诗神会眷顾。但诗还要依赖对生命的觉悟力、洞察力，特别是仁慈。人上了年纪会更加不存幻想，更加仁慈。我这几十年来一直朝着诗的方向走去，这种意境和热情把我全部笼罩了。

张杰：《不践约书》冲击力特别大，当时凌晨三点半躺下本来想读首诗歌休息，甚至想借此缓解一下瘟疫带来的强烈无意识的精神不安定感，没想到读到第一节便被"震"住了,整个人立刻坐直了。当时,直觉告诉我这是一个非常重要的作品,检索几十年来的阅读体验,让人感觉有点不可思议的是《不践约书》负荷、容量和跨度甚至超过除《你在高原》之外您的其他一些长篇小说,特别想知道这一点是如何做到的,是不是可以视为一种您对自己的跨文体性超越?

张炜:这部诗章当然囊括了作者前面许多人生内容和艺术经验,是一次综合。就字数、篇幅来说它比不上一部长篇小说,但这里谈的不是体量问题。艺术和人生这两个方面,决定了我不可能更早地写出它来。虚浮的激情如数去除,然后才有更深沉更朴实的工作。这种要求一直有,往前走就是一次次强调,并留下痕迹。

以前的其他作品不论,单就诗来看,虽然没有停止,但离期待不知还有多远。那是犹豫不决的尝试和不曾屈服的坚持。我在寻找一条路,它应该属于个人,有时清晰有时模糊。除了诗,其他文体如小说和散文,也是这条路的补充和迂回。诗是一次直接出击,一点含糊都不能有,没有留下那样的空间。这种写作必须是一次正面对决,其难度最大,对体力和意志是一种考验。长篇小说比起诗,特别是五百行以上的长诗,在体能和智力的消耗上会少得多。

张杰:《不践约书》爱情史式的开头给人一种强烈的情感带入感,把整首诗凝成一个整体,它让人不由想到帕斯捷尔纳克史诗色彩的《日瓦戈医生》,并与其由二十五首诗组成的最后一章产生一种对应关系,在您这里,爱情史这条线对整个文本来说所起到的作用是什么?

张炜:它的基本架构,当然可以看成一首诗歌女神诱惑下的恋人之歌,一个挚爱、折磨、疏离、幻觉、悲痛甚至背叛的故事。但这只是一个层面和一个声音,还有几个层次。社会与历史、精神与肉体,这些无法退场,而且是作为结构的实体存在的。

这对恋人不会是单薄的单向度,他们肯定十分"有趣"。其趣如何,沉湎的深度,更有冲突的烈度,都将决定诗章的品质。相互倾诉不可避免，诉说内容也繁复深远。他们的关系和结局，由人性的不完整所决定，一定具有不可挽回的悲剧性。但他们的全部美好，引人神往的生之魅力，也在这悲剧性中。他们之所以令人同情怜惜，在于其能够动手处理一些最棘手的问题，能够在忠贞还是背叛这一类致命的问题上，表现出自己的勇气。他们能够自嘲，这很重要。

张杰：《不践约书》里跨越世纪的爱情史诗，是不是可以解读为一种历史隐喻，是否可以理解为一种超越爱情、穿越时空的复合性表达，是否可以理解为它意味着一种使命感和精神追求，甚至暗含着一种现代文明对农业文明的复调式召唤？

张炜：这个故事如果抽掉了隐喻的企图心，将会更好。不仅是爱情，还有其他方面，都力求具体。这种从具体出发的努力会让写作变得诚实和专注，尤其在现代主义艺术中，是十分重要的。诗人对于所吟之物的独守和专一,在表现个人的执着和局限时,更开阔的空间就同时打开了。这种事不能反过来做,那将是不妙的。

一个人为了挽救和巩固某种对他(她)来说至为重要的爱情,必得相当深入地诉说,向对方敞开心路和历史。会有一些极复杂的、专属于这种特殊关系的恍惚迷离。通常所说的世界观,必然在这时候凸显出来;立场和意义,也会决定他们的情感走向。

张杰:《不践约书》拥有一个功能强大的开放诗歌系统,具有令人难以置信的吞吐能力,像一架超大功率的机器一样,一边不停吞进具有强烈物理色彩的现实感和历史元素,另一边在不停地生成形而上色彩的诗意,可谓一架现实诗意生成器,而支撑诗意生成的则是诸如"贝加尔湖""两千年的门洞""苏东坡""奢华的北宋""大明湖海右此亭""大山后面隆隆的雷声""乡下茅屋"等和由日常细节所组成的不断涌来的意象链,似乎轻易便组成一个诗意共同体,您是怎样在富有张力的宏大现实叙事和日常细节诗意之间建立这种平衡关系的?

张炜：诗的精神空间和物理空间是紧密相系的，但它们不是简单的对应关系，而是更复杂的关系。比如只有当物理空间融入生命体验和诗性冲动时，才会有效地与精神空间发生关联。一味地扯远，并不能保证精神的开阔度，反而会变得芜杂难看。"大山后面隆隆的雷声"，在这里指心脏的跳动，但在多种诠释中又会变得繁复和丰厚。

诗中涉及的历史节点和地理元素等，既是角色自己的，又是他者的独白。一首诗至少拥有三到四个声音，这不仅是结构和呈现的方便，而且是诗的有机部分。诗中会有暧昧的声音和内容，这既是天然的诗性，又是朴实的表达，是一种不可消除的声音。多种声音可以看成交响，也可以视为单独的存在。诗人的胸襟和气度，掌控力，会作用于这些声音。它们一旦出现分解涣散的倾向，就像战争中反叛的部队一样，很危险了。

张杰：《不践约书》隐含着一种小说和诗歌的复调性，诗歌的歌唱性和小说的叙事性融为一体，是否可以理解为这种自洽的复调式表达，从某种意义上对应了您作为作家和诗人之间的角色关系，您如何平衡这两种一般被认为很难兼容的表达手段的？

张炜：所有长诗都有叙事性，但这里不包括叙事诗。这种叙事方式吸取的小说元素是有限的，在美学气质上尤其不同。现代自由诗在叙事上不是减弱了，而是越来越有一种"懒洋洋"的派头，好像未将讲述放在心上。实际上诗人并没有将这根弦松掉，而是在内中拧紧，以便在关键时刻弹响它。在一部分杰出的现代小说家那里，叙事方式与诗是一致的，总是淡化故事的外在强度。但诗仍然与小说保持了叙事方面的严格区别，其故事线索往往是昙花一现的。

这部长诗与小说的复调性，也许是不自觉地出现的。至少在它的多种声音中，有一个声音会稍涉原有的元素，如主人公的家族和地理归属等。好在省略这些也无所谓。

实际上诗中的某个角色越是独立，这种复调的意义也就越是变大。在精神上的一以贯之更为重要，有一个轨迹，蜿蜒往前，这样读者即便没有关照诗人的其他文本，也会感受一首诗的厚度和基础性。

张杰：《不践约书》无疑是一个融会古典性与现代性的文本，现实具象和历史进入古典诗意是一件很有难度的事情，《不践约书》不仅解决了这一难度，而且赋予古典诗意以一种强烈的现代性，这也无疑解决了一个现代诗歌发展的大问题，您是如何看上去很轻松逾越这一诗歌表达难度的？

张炜：中国自由诗显然需要与白话文运动联系起来考察，就此看它有两个渊源：一是受到了西方现代诗的影响，二是脱胎于中国古诗。但是几十年来中国当代自由诗主要吸纳了西方诗，准确点说是译诗。这似乎是一条不可更易的道路。但是想一想也会有问题，甚至有点后怕：割断了本土源流。这源流包括了形式和气韵。这个土壤的抽离让人心虚。

中国现代诗不会直接回到古风和律诗,也不会回到宋词。但前边讲的气韵境界之类是可以衔接的。怎样融会和借鉴,这是最难的。弄不好会有一些反现代性的元素参与进来,弄得非驴非马。这是诗人极其苦恼的事情,却无法回避。我较少沉浸在西方译诗中心安理得,而是深深地怀疑和不安。

从补课的初衷出发,我这二十多年来将大量时间用以研读中国诗学。这期间出版的五部古诗学著作,是这个过程的副产品。这对我个人的意义不须多言。对于中国文学的正源,从寻觅到倾听,透过现代主义的薄纱,有一种逐步清晰的迷离。现代主义和中国古典美学不是要简单地二者相加,不是镶嵌与组合,而是复杂的血缘接续。

我只能说,至少在这二十几年的时间里,我用全部努力改变了自己的诗行,走到了今天。我并不满意,但走进了个人的一个阶段。

张杰：您的《〈楚辞〉笔记》《陶渊明的遗产》《也说李白与杜甫》《读〈诗经〉》《斑斓志》等富有古典主义传统色彩的作品里，蕴含着丰富的古典元素和个人情怀，《不践约书》有着强烈的古典叙述维度和经典诗歌手段，可以说与中国古典文学一脉相承，您是如何将这种维度和古典主义传统融入《不践约书》表达范式的？

张炜：对古典的抚摸还不够，还要叩击和倾听。这样说有些虚幻，但非要如此而不能表达一二。译自西方的自由诗对中国当代诗有多重要，不必饶舌；可是亦步亦趋之虞也不必讳言。这里不是尊严和道德问题，没有那么大，主要还是诗本身的出路。英国诗人艾略特对西方现代诗具有开拓性贡献，中国本土诗人即不必做后面的工作了，而是要对应这工作，在本土做点什么。这个说说容易，迈出半步都难，我这里还谈不到半步之遥。

张杰：《不践约书》所塑造的主要角色有着类似屈原、陶渊明、李白、杜甫、苏轼等诗意与时空激烈的影子,让人不由得产生一种强烈的文脉接续感与现实斑驳感,但他们又有着迥然不同的语境,在您看来这些人物之间有着怎样的精神传承关系?

张炜:人类面临的问题、诗人面临的问题,在大的方面古今未变。改变的只是一些细枝末节,如科技带来的现代化等。人性在客观环境的对应中如何演化,这是关注点。人性在基本方面没有多少改变,只是在与客观世界的对应中不断演化。诗人会抓住一些至大的、亘古如此的追问。我们会发问:今天还是生活在"丛林"中吗?回答是:同在"丛林"之中,古典标本和现代标本又有什么同与不同?

有人总以为今天的人性大为不同或根本不同了,这是错误的。其实应该说,所有让人性向更恶方向演化的时代,一定是最坏的时代。我们现在常讲的一个词是"基本盘",那么套用一下,可以说人类自诞生之日起,"基本盘"都没有变化。

抓住这个"基本盘"再去判断,去热爱或憎恶,就有了精神的坐标。

张杰：《不践约书》意味着爱情之约、历史之约、现实之约等等，您是否是想借"约"这种富有中国传统——侠和士文化色彩的称谓和精神特质，来传达或暗示某种类似精神血脉的使命感和延续性？

张炜：有约有信，是生活的基本规则，从做人到其他，都依赖这个。说话不算话，欺骗，背弃，毁约，一切也就全部垮掉。没有建立起信任感的人生和社会，是完全失败的。这种颓败之路我们都不陌生，对作恶已然习惯。但是有时候我们会遇到合约中常常出现的一个字眼，即"不可抗力"。也就是说，一种个体或集体皆无力战胜的境遇中，有些约定是无法执行的。这是没有办法的事。

我们在现实生活的合约中强调的，常常是客观上的"不可抗力"，却很少追究主观上的同一种力。人性的不完整性，注定了人生的最终毁约。人不可过于相信自己的理性和意志,更不能着迷于自身的道德。人的唯一出路,就是要从认定自身的无力开始。"不践约"的主要原因,除了故意违约,更多的还是其他,是"身体却软弱了"。

张杰:《不践约书》使用了七十余条注释,但它们似乎并不只是普通意义上的注释作用,而是成为一种参与诗意表达的积极有机成分,是否可以说您想赋予注释这种形式以某种特殊的表达功能,将它们从被动作用中释放出来?

张炜:不,这是从读者的角度考虑的。好在篇幅允许,加一些注释就必要了。读者需要尽可能流畅地阅读,作者有义务为他们扫除一些障碍。现代诗有一个不好的习性,就是乐于让人猜谜。有些谜其实大无必要。晦涩应该由深邃难言的诗意所决定,而绝不能变成形式主义的戏法。

张杰:"我应下的一副墨宝无人接收"——《不践约书》最大的诗与思的核心表达应该是"不践约",可以理解为:不能践约,不想践约,无法践约。在这个时代,客观上没有"践"的"约"是什么,原因何在?

张炜:精神层面和物质层面,个体与社会,非常具体又极其模糊。人最终是不可能胜利的,但幻觉会否认这个事实。人对悲剧的认识深度也许十分重要。这种思路是积极的,因为面对真实就是一种积极。但诗不是用来阐述思想的,它如果发现了思想的诗意,也只会摆脱理路而进入更深处,那是沉浸和沉迷的魅力。感性有超越的力量,正是它防止了局限性。

"不践约"作为一个故事,比作为一个理念好;而作为重叠的意象,又比作为一个故事更好。诗意经常排斥说教,哪怕是义正词严也不行。道德高地在诗章中,尤其是现代诗章中是十分干旱枯燥的,最后成为不毛之地。

张杰：被誉为"当代康德"的法国著名当代哲学家福柯，这位作为学哲学出身的思想大师却不喜欢哲学家这个称号，一直喜欢做类似史学家的工作，而且一再声称自己写的一切只是杜撰，从这个意义上，怎样看《不践约书》中真实与"杜撰"的文本对应关系，这是否可以视为文学或诗歌表达的魅力和优势？

张炜：历史学家强调自己的工作是"杜撰"，这是十分聪明的行为。这正像艺术家经常声称自己写出了"真实"是一个道理。诗是艺术中的艺术，是它的核心，所以仅仅声称写出了真实还不够，而是要极端地强调具体和个案的性质。诗不愿意承担一般的杜撰之名，而是要跃到比一般意义上的"杜撰"更不可以触摸的高度和秘境中。

诗人一旦赋予了这样的意义，这样的期许，才能攀上那样的高度。比起一般的虚构艺术，诗到底拥有怎样的自由和空间，诗人有时候也会迷惘。所有的自卑和浮浅，都将产生于这种迷惘。诗是无限和无边的延伸，而且并非囿于心智的层面,也比精微绚烂和玄思更远和更深,是不可思议的可能性。如果说最杰出的虚构作品比如小说这种体裁,其全部奥秘只不过是不可企及的诗性,是这诗性在其中蔓延和燃烧而已。诗本身是毫不隐藏自己的企图心的,那就是以无所不至的抵达力,与其他维度的存在对话。

张杰:借用海明威写作理论,《不践约书》像一座漂浮在时光之海上的冰山,富含巨大而复杂的精神背景和信息含量,掩藏水面下游动的有机组成部分是什么?

张炜:这是无法言说的部分。能够言说的一定不会晦涩,真正的晦涩是另一种实在。这种情形哪怕稍稍当成一种策略去使用,落下的诗行也就变成了二流。诗人以一种极力清晰的、千方百计接近真实的心情去表述,如此形成的晦涩才是自然的、好的。这其实是另一种朴素和直白。

现代诗人惧怕抒情。虚假的滥情令人厌恶,轻浮的多情也足以反胃。但是诗一定是有深情在的,其情不抒,化为冷峻和麻木,化为其他,张力固在。无情之情也是情。真的无情,就会走入文字游戏。词语自身繁衍诗意的能力是极有限的。

张杰:《不践约书》在诗意与叙述维度上,似乎蕴含一种社会性与结构性的精神压抑甚至抑郁,这可以被视为历史进入诗意表达的负担吗?以诗歌的方式表达这种负担时怎样消解诗歌与具象维度上的张力,面对这种张力,小说和诗歌的表达方式有何本质区别?

张炜:所有虚构的文字都可以相当自由地处理某些层面的麻烦,但这里的难度在于,这种处理本身有没有诗意。如果跃上了更高,就可以处理,不然就不必处理。回避不等于处理。我们会发现当代写作中留下的诸多空白,就是因为这种"不处理"。结果就是苍白。我认为所有杰出的艺术,都有足够的处理能力。

张杰：意大利哲学家阿甘本在谈到对自己研究对象的范式问题时，提到"虽然这些都是实际的历史现象，但我把它们当作范式来处理，其作用是建构一个更加宽泛的历史问题式的语境，并使之易于理解"，从文本研究上来说，《不践约书》同样建构了"宽泛的历史语境并使之易于理解"，这可以视为诗、文学、哲学等存在某种表达和研究层次上的同一性吗，《不践约书》是怎样获得这种同一性的？

张炜：这里在说作者的诠释能力，其实也是自作多情的方式。对象的自由性自主性处在不断被伤害中，也是可悲的。作者以能够达成共识的方式或话语，显现自己的个性和深度，就会不自觉地在最大公约数上下一番功夫。共识是一种潮流，而形成潮流的，最高也只能抵达中等水准，这是它的天花板。一般来说，潮流都是中下等水准，从见识到品质莫不如此。说到底，作为"对象"，所有的"对象"，从一开始就是反范式的。依赖进入某种语境才可以表述，才可以沟通，这有点过于迁就和省力了。

我所尽力挣脱的,正是那种"语境"和"范式",以此进入不易理解的真实和具体。我前面说过,这样带来的晦涩,将是一种朴素。

                                    2020 年 8 月 2 日

不践约书
BU JIANYUE SHU

出版顾问：汪家明
出版统筹：多　马
策　　划：多　马
责任编辑：吴义红
产品经理：多　加
书籍设计：鲁明静
责任技编：伍先林
篆　　刻：张泽南

图书在版编目（CIP）数据

不践约书 / 张炜著. --桂林：广西师范大学出版社，2021.1
　ISBN 978-7-5598-3386-0

Ⅰ. ①不… Ⅱ. ①张… Ⅲ. ①诗集－中国－当代 Ⅳ. ①I227

中国版本图书馆 CIP 数据核字（2020）第 222808 号

广西师范大学出版社出版发行
（广西桂林市五里店路 9 号　邮政编码：541004）
　网址：http://www.bbtpress.com
出版人：黄轩庄
全国新华书店经销
北京雅昌艺术印刷有限公司印刷
（北京市顺义区高丽营镇金马园达盛路 3 号　邮政编码：101300）
开本：880 mm × 1 230 mm　1/32
印张：5　　字数：40 千
2021 年 1 月第 1 版　　2021 年 1 月第 1 次印刷
印数：0 001~8 000 册　　定价：68.00 元
如发现印装质量问题，影响阅读，请与出版社发行部门联系调换。